A Jaime Josué le gustan los CAMIONES

Escrito por
Catherine
Petrie

Ilustrado por
Joel Snyder

Una división de Grolier Publishing
Nueva York Londres Hong Kong Sydney
Danbury, Connecticut

Para Luke
—C.P.

Especialistas de la lectura
Linda Cornwell
Coordinadora de Calidad Educativa y Desarrollo Profesional
(Asociación de Profesores del Estado de Indiana)

Katharine A. Kane
Especialista de la Educación
(Jubilada de la Oficina de Educación del Condado de San Diego, California,
y de la Universidad Estatal de San Diego)

Visite a Children's Press® en el Internet a:
http://publishing.grolier.com

Información de Publicación de la Biblioteca del Congreso de los EE.UU.
Petrie, Catherine.
   A Jaime Josué le gustan los camiones / escrito por Catherine Petrie ; ilustrado por Joel Snyder.
      p. cm.—(Rookie español)
   Resumen: A Jaime Josué le gusta toda clase de camiones: los grandes, los pequeños, los que suben y los que bajan.
   ISBN 0-516-21691-0 (lib. bdg.)   0-516-26796-5 (pbk.)
   [1. Camiones—Ficción.] I. Snyder, Joel, il. II. Título. III. Serie.
Pz7.P44677Jo 2000
[E]—DC21   98-54222
                                                                 CIP
                                                                 AC

GROLIER PUBLISHING

A Jaime Josué le gustan
los camiones.

Los camiones grandes,

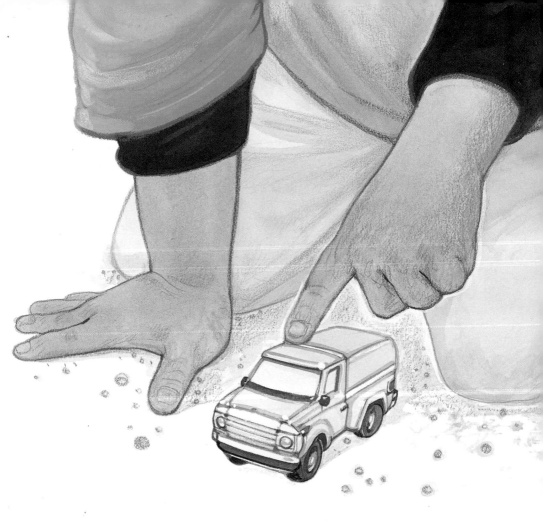

los camiones pequeños,

los camiones largos,

los camiones cortos.

¡Simplemente a Jaime Josué
le gustan los camiones!

Los camiones rojos,

los camiones verdes,

los camiones amarillos,

los camiones azules.

Los camiones que van hacia arriba.

Los camiones que van hacia abajo.

20

Los camiones que dan
vueltas y vueltas.

Simplemente a Jaime Josué le gustan los camiones.

Lista de palabras
(24 palabras)

a	grandes	pequeños
abajo	gustan	que
amarillos	hacia	rojos
arriba	Jaime	simplemente
azules	Josué	van
camiones	largos	verdes
cortos	le	vueltas
dan	los	y

Sobre la autora

Catherine Petrie se graduó con la Maestría de Ciencias con especialización en la lectura. Cuando enseñaba la lectura en las escuelas públicas, se dio cuenta de la falta de materiales didácticos para los lectores principiantes. La autora utiliza una técnica creativa que incluye la repetición frecuente de palabras globales y grupos de palabras que riman. Así, los lectores principiantes participan en una experiencia positiva de leer independientemente.

Sobre el ilustrador

Joel Synder se graduó en La Escuela de Diseño de Rhode Island. Vive y trabaja en su casa en el estado de Nueva York. Recientemente restauró la casa, que tiene 150 años, al estilo nuevo gótico. Ahora pasa su tiempo haciendo lo que es, para él, lo más significativo: pescar, ilustrar y dar mucha atención cariñosa a su joven hijo Adam.